『十二五』國家重點圖書出版規劃項目
國家古籍整理出版資助項目

主　編　王文章
副主編　劉文峰

傅惜華藏古本小説叢刊目録索引

學苑出版社

圖書在版編目（CIP）數據

傅惜華藏古本小説叢刊目録索引 ／ 王文章主編 ．—北京 ：學苑出版社 ，2015.12

ISBN 978-7-5077-4925-0

Ⅰ．①傅… Ⅱ．①王… Ⅲ．①古典小説－中國－叢刊－目録索引 Ⅳ．① Z88 ② I207.41-55

中國版本圖書館 CIP 數據核字 (2015) 第 283476 號

出 版 人：孟　白
責任編輯：戰葆紅
封面設計：徐道會
出版發行：學苑出版社
社　　址：北京市豐臺區南方莊 2 號院 1 號樓
郵政編碼：100079
網　　址：www.book001.com
電子信箱：xueyuanpress@163.com
聯系電話：010-67601101（銷售部）　67603091（總編室）
經　　銷：新華書店
印 刷 廠：北京京華虎彩印刷有限公司
開本尺寸：880×1230　1/32
印　　張：5.5
版　　次：2016 年 1 月北京第 1 版
印　　次：2016 年 1 月北京第 1 次印刷
定　　價：200.00 圓

ISBN 978-7-5077-4925-0

前言

傅惜華先生是我國著名的文學研究專家、藏書家，其碧蕖館收藏的中國古代小說、戲曲早就蜚聲中外。已經出版的《傅惜華藏古本戲曲珍本叢刊》收録了大量的傅氏珍貴古本戲曲，廣為研究者所用。在碧蕖館舊藏中，說部類圖書占傅氏藏書總數的比例雖不是很大，但數量已不算少，據《傅惜華舊藏小說書目》統計，傅惜華藏說部類作品有七百五十餘種，不乏諸多精品，堪稱一個尚未開發的小說資料寶庫。

本叢刊從傅惜華先生說部類藏書中精選一百八十二種，其中明刻本二十三種，清刻本五十六種，清不明時代刻本五十三種，民國刻本二種，抄本十種，石印本十七種，排印本八種，日本印本十一種，朝鮮印本一種，一九四九年後印本一種。在其中所選的一百八十二種作品中，很大一部分為《古本小說集成》或《古本小說叢刊》等各類近年影印的古小說選集所未收録之本，或作品雖已被《古本小說集成》、《古本小說叢刊》收録，但所選皆為另外不同之版本，呈現出與前者不同的版本風貌；本叢刊還有一些作品是以往小說叢刊從未收録的稀見本，就是在《中国古籍总目》中亦未见著録，具有較高的版本價值和閱讀、研究價值。總之，本叢刊在總體面貌上令人耳目一新，具有較高的學術價值和收藏價值。

（一）所收作品涵蓋範圍較廣，有类书体小说集、文言小說（包括筆記小說、駢體小說等）、話本小說、章回小說、彈詞小說等，還包括了一部分小說圖像專書，如《明刊三國志像》、清康熙刻本《三國志像》、清刻《水滸圖贊》、據清刻本影印《三國畫像》上下二冊等，對研究古代小說插圖的演變具有一定價值。叢刊還收録了一些關於小說的研究性著作，如王古魯的《稗海一勺録》和《擬攝日本所藏中國舊刻小說書影經過志略》，前者是中國學者所編域外藏中國通俗小說書目的代表之一，對中國古代小說的研究有重要參考價值。此外如清抄本《紅樓人物考》、《水滸傳注略》等，鄭振鐸《西諦書話》稱此書『為章回小說作注者，於此書外，未之前聞』，『引書凡數百種』，『水滸多口語方言，作者于此亦多詳加注釋，不獨著意於名物史實之訓詁。故此書之于語言文字研究者亦一參考要籍也』。叢刊中收録的日本刻《小說字彙（漢和對照）》，為『日本人讀中國古代小說而編輯的一部小說詞典』。詞條系用古日文寫成，今已難以譯出。前有『援引書目』共一百六十種，用中文排列。所引書目，有的國內失傳，有的尚未發現，如《孤樹裒談》、《金陵百媚》、《錦帶紋》、《一百笑》等。據此，又可知清乾隆前中國小說在日本的流傳情況（見劉世德主編《中國古代小說百科全書》修訂本）。

（二）本叢刊重點收録了一些重要的小說評注、評點本，如清王望如評《出像水滸傳》。如清張含章著《通易西遊正旨分章注釋》，以《易經》解釋《西遊記》，形式是于正文每回卷末加大段詮釋，正文中也略有注釋，此書流傳不廣，影響也比其他清代刊本小，但獨具特色。其他如清王士正評《聊齋志異》、清王希廉評《紅樓夢》、清張竹坡批評《續金瓶梅後集》、清杜浚評《覺世名言》（又名《十二樓》）、清刻李卓吾評點《列國志傳》、清刻蔡元放批評《東周列國全志》、民國刻王夢阮、沈瓶庵撰《紅樓夢索引》等，這些評注、批點本對小說批評研究具有一定的參考價值。

（三）本叢刊收録了一些稀見小説版本，補充了以往小説叢刊的缺失，免去了讀者和研究者們的搜尋查找之功。其中明刊本有周詩雅撰《增訂劍俠傳》、李廷機輯《新鐫翰林考正歷朝故事統宗》、干寶著《新刻出像增補搜神記》、鍾伯敬批定《新刻劍嘯閣批評西漢演義傳》、明研石山樵訂正、織里畸人校閲《新鐫玉茗堂批點按鑑參補出像北宋志傳》等，《增訂劍俠傳》、《新刻出像增補搜神記》為《歷代珍本經眼録·明代版本》所著録，《中國善本書提要》子部類書類著録《新鐫翰林考正歷朝故事統宗》云『是書諸家書目，擯而不載，每冊首頁，取卷内一故事，雕為版畫，頗生動，當與曰校所刻小説戲曲同珍也』『曰校』就是明代金陵刻書大家周曰校，刻印的小説、戲曲版畫是明代金陵派版畫的代表作。清刊本有齊省堂刻《增訂儒林外史》，若騤子輯注《燕山外史注釋》，三槐堂刊《新刻玉蜻蜓傳奇》，西泠狂者（石玉崑）撰《龍圖耳録》，問柳書屋刻《古今志異》、活字本《通商原委演義》、富文書局石印《繪圖平金川》、廣州第七甫五桂堂刻《新刻半日閻王全傳》等。此外，還收録了一些稀見小説抄本，如佚名的《拔乎其萃》、《新刻撮空祖師全傳》以及海公撰《新孽障》等。

（四）本叢刊還收録了一些重要的海外小説刊本，能為研究中國小説在海外的傳播和影響提供一定的幫助。其中日本刻本有《增評補圖石頭記》（帝國印刷株式會社鉛印本），（日）大鄉穆訓點、酒井三治校《燕山外史》，東京書林青山堂雁金屋青山清吉刻《遊僊窟》（漢和對照），（日）岡白駒記《譯准開口新語》，（日）岡白駒譯《小説精言》，嵩山堂刻本《皇明大儒王陽明出身靖亂録》（漢和對照）等；朝鮮刊本有毛宗崗評《三國志演義》。

綜上可知，本叢刊集收藏、閱讀、研究之優點於一身，定能成為一部具有較高學術價值的古代小説叢刊，傅惜華先生的説部藏書雖有七百餘部，但除卻重複和近年來已經影印出版過的古本小説，可以説精華俱在此編。此編的刊行問世，必能嘉惠學林，其善莫大焉。

本叢刊的編輯，以小説的載體形式編排，分刻本、鈔本、石印本、排印本等，域外日本刻本、朝鮮刻本附後；載體形式之下以刊刻、鈔寫、印製的時代先後為序，并將總目録和索引單成一冊，以便檢閲。

本書編委會

二〇一五年三月

目録

《傅惜華藏古本小説叢刊》總目録……1
《傅惜華藏古本小説叢刊》篇名音序索引……123
《傅惜華藏古本小説叢刊》篇名筆畫索引……143

《傅惜華藏古本小説叢刊》總目録

説明：一　題名著録以卷首題名為准。

二　著録項目下的函冊數為原中國藝術研究院圖書館藏書的函冊數。

三　排列順序以刻本、鈔本、石印本、排印本為序，下按刻印的時代順序排列。日本、朝鮮刻本附後。

第一冊

刻本

明代刻本

新鐫翰林考正歷朝故事統宗　十卷（一）卷一——卷五……1
明李廷機輯　明萬曆二十三年（1595）金陵書林周氏大業堂刻本　十冊（一函）
卷前冠單面方式圖十幅　牌記題映旭齋梓　康生舊藏

第二冊

新鐫翰林考正歷朝故事統宗　十卷（二）卷六——卷十……1
新鍥重訂出像注釋通俗演義東漢志傳題評四卷　卷首殘……375

題陳氏尺蠖齋評釋　明萬曆年間（1573－1620）登龍館刻本　二冊（一函）
卷前冠雙面方式圖六幅　康生舊藏

第三冊

新鐫全像東西兩晉演義志傳　十二卷五十回（一）
卷一——卷六　第一回——第二十四回……1
明楊爾曾撰　雙峰堂吉人鑒定　三台館余氏刻本　十冊（一函）　上圖下文
康生舊藏

第四冊

新鐫全像東西兩晉演義志傳　十二卷五十回（二）……1
卷七——卷十二　第二十五回——第五十回

第五册

新鐫楊家府世代忠勇演義志傳　八卷（一）卷一——卷五……1

題秦淮墨客校閱　煙波釣叟參訂　明萬曆三十四年（1606）文會堂刻本

八册（一函）　卷首冠繡像二十四幅　此本疑为清翻刻本

第六册

新鐫楊家府世代忠勇演義志傳　八卷（二）卷六——卷八……1

新鐫玉茗堂批點按鑑參補出像北宋志傳　十卷五十回（一）……235

卷一——卷三　第一回——第十五回

題明研石山樵訂正　織里畸人校閱　明萬曆四十六年（1618）刻本　八册

（一函）　卷首冠單面方式圖三十二幅　康生舊藏

第七冊

新鐫玉茗堂批點按鑑參補出像北宋志傳　十卷五十回（二）……1

卷四——卷十　第十六回——第五十回

第八冊

新刻出像增補搜神記　六卷……1

晉干寶著　明萬曆年間（1573－1620）金陵書林唐富春大盛堂校刻本

四冊（一函）　卷中插單面方式圖

第九冊

新刻全像海剛峰先生居官公案　四卷……1

明李春芳撰　明萬曆三十四年（1606）金陵萬卷樓虛舟生刻本
四冊（一函）卷首冠繡像，卷中插雙面方式圖二十二幅　康生舊藏

第十冊

增訂劍俠傳　五卷 …… 1
明周詩雅纂論　明萬曆四十年（1612）刻本　四冊（一函）　康生舊藏

第十一冊

新鐫陳眉公先生批評春秋列國志傳　十二卷　存題词、序、總論、目録、圖像 …… 1
明余邵魚撰　明陳繼儒校正　明萬曆四十三年（1615）刻本　二冊（一函）
卷首冠單面方式圖一百一十八幅　康生舊藏
醒世恒言　四十卷（一）卷一——卷六 …… 159

明馮夢龍輯　可一居士評　墨浪主人校　明天啟七年（1627）刻本

十六冊（一函）　康生舊藏

第十二冊

醒世恒言　四十卷（二）卷七——卷十五……1

第十三冊

醒世恒言　四十卷（三）卷十六——卷二十二……1

第十四冊

醒世恒言　四十卷（四）卷二十三——卷三十……1

第十五册

醒世恒言　四十卷(五)卷三十一——卷四十…… 1

第十六册

忠義水滸全書　一百二十回(一)第一回——第十二回…… 1

明施耐庵撰　明羅本纂修　明李贄評　明郁郁堂刻本　五十二册(六函)

康生舊藏

第十七册

忠義水滸全書　一百二十回(二)第十三回——第二十四回…… 1

第十八册

忠義水滸全書　一百二十回(三)第二十五回——第三十五回……1

第十九册

忠義水滸全書　一百二十回(四)第三十六回——第四十五回……1

第二十册

忠義水滸全書　一百二十回(五)第四十六回——第五十七回……1

第二十一册

忠義水滸全書　一百二十回(六)第五十八回——第七十一回……1

第二十二册
忠義水滸全書　一百二十回（七）第七十二回——第八十三回……1

第二十三册
忠義水滸全書　一百二十回（八）第八十四回——第九十八回……1

第二十四册
忠義水滸全書　一百二十回（九）第九十九回——第一百十一回……1

第二十五册
忠義水滸全書　一百二十回（十）第一百十二回——第一百二十回……1

第二十六册

鐫李卓吾批點殘唐五代史演義傳　八卷六十回(一)卷一——卷六……1
明羅本撰　李卓吾評　明文錦堂刻本　八册(一函)
卷首冠單面方式圖三十一幅

第二十七册

鐫李卓吾批點殘唐五代史演義傳　八卷六十回(二)卷七——卷八……1
三國志像　明刻本　一册
單面方式圖五十二幅……153
京本雲合奇蹤　二十卷八十回(一)卷一——卷四……207
題明徐渭撰　湯顯祖評點　明刻本　十册(二函)

卷首冠單面方式圖四十幅　又名英烈傳　有殘缺　康生舊藏

第二十八冊

京本雲合奇蹤　二十卷八十回（二）卷五——卷十二…………1

第二十九冊

京本雲合奇蹤　二十卷八十回（三）卷十三——卷二十…………1

第三十冊

新刻劍嘯閣批評西漢演義傳　八卷（一）卷一——卷三…………1

明甄偉撰　鍾伯敬批定　明天啟年間（1621－1627）蘇州白玉堂刻本

十四冊（三函）　卷首冠單面方式圖六十幅含東漢演義圖　康生舊藏

第三十一册
新刻劍嘯閣批評西漢演義傳　八卷（二）卷四——卷七……1
第三十二册
新刻劍嘯閣批評西漢演義傳　八卷（三）卷八……1
新刻劍嘯閣批評東漢演義傳　十卷（一）卷一——卷四……139
明謝詔撰　鍾伯敬批定　明天啟年間（1621－1627）蘇州白玉堂刻本
與西漢演義合函　康生舊藏
第三十三册
新刻劍嘯閣批評東漢演義傳　十卷（二）卷五——卷十……1

第三十四册

拍案驚奇　三十六卷(一)卷一——卷十一……1
明淩濛初编撰　明消閒居刻本　十六册(一函)
卷首冠單面方式圖七十二幅　康生舊藏

第三十五册

拍案驚奇　三十六卷(二)卷十二——卷二十三……1

第三十六册

拍案驚奇　三十六卷(三)卷二十四——卷三十六……1

第三十七册

西湖二集　三十四卷三十四篇　附西湖秋色一百韻一卷（一）……1

卷一——卷十二

明周楫撰　明末雲林聚錦堂刻本　二十册（二函）卷首冠單面

方式圖五十六幅　卷一首殘　卷三十三　三十四系抄配　康生舊藏

第三十八册

西湖二集　三十四卷三十四篇　附西湖秋色一百韻一卷（二）……1

卷十三——卷二十三

第三十九冊

西湖二集　三十四卷三十四篇　附西湖秋色一百韻一卷（三）……1
卷二十四——卷三十四

第四十冊

新刊徐文長先生評隋唐演義　十卷一百十四節（一）……1
第一節——第三十三節

不著撰人　明徐渭評　明武林刻本　二十二冊（四函）　卷首冠單面方式圖七十九幅　序殘，卷一抄配　康生舊藏

第四十一冊
新刊徐文長先生評隋唐演義　十卷一百十四節（二）…………1
第三十四節——第六十三節

第四十二冊
新刊徐文長先生評隋唐演義　十卷一百十四節（三）…………1
第六十四節——第九十三節

第四十三冊
新刊徐文長先生評隋唐演義　十卷一百十四節（四）…………1
第九十四節——第一百十四節

第四十四冊

皇明開運輯略武功名世英烈傳　六卷首一卷（一）卷首——卷三……1
玉茗堂批點　明崇禎年間（1628－1644）刻本　六冊（一函）
卷前冠雙面方式圖五幅　康生舊藏

第四十五冊

皇明開運輯略武功名世英烈傳　六卷首一卷（二）卷四——卷六……1

第四十六冊

新鐫全像孫龐鬥志演義　二十卷　殘存一、二卷……1
不著撰人　題吳門嘯客述　明星聚堂刻本　一冊（一函）　卷首冠

單面方式圖四十幅
四書笑……123
題開口世人輯　聞道下士評　明萬曆年間(1573－1620)金閶王振華刻本　二冊(一函)　康生舊藏
開卷一笑集……251
明李卓吾輯　明屠隆參閱　明刻本　二冊(一函)　序為抄配　康生舊藏

第四十七冊

清代刻本

評論出像水滸傳　七十五卷(一)……1
卷首——卷八　第一回——第三回

明施耐庵撰　金聖歎（原題王望如）評　清順治十四年（1657）醉畊堂刻本

三十六冊（六函）　卷首冠繡像四十幅　康生舊藏

第四十八冊

評論出像水滸傳　七十五卷（二）……1

卷九——卷十七　第四回——第十二回

第四十九冊

評論出像水滸傳　七十五卷（三）……1

卷十八——卷二十五　第十三回——第二十回

第五十册

評論出像水滸傳　七十五卷(四)……1
卷二十六——卷三十三　第二十一回——第二十八回

第五十一册

評論出像水滸傳　七十五卷(五)……1
卷三十四——卷四十一　第二十九回——第三十六回

第五十二册

評論出像水滸傳　七十五卷(六)……1
卷四十二——卷四十九　第三十七回——第四十四回

第五十三册

評論出像水滸傳　七十五卷(七)…… 1

卷五十——卷五十八　第四十五回——第五十三回

第五十四册

評論出像水滸傳　七十五卷(八)…… 1

卷五十九——卷六十六　第五十四回——第六十一回

第五十五册

評論出像水滸傳　七十五卷(九)…… 1

卷六十七——卷七十五　第六十二回——第七十回

第五十六册

新刻京本春秋五霸七雄全像列國志傳　八卷（一）卷一——卷四……………………1

不著撰人　李卓吾評點　清康熙五十六年（1717）刻本　八册（一函）

上圖下文

第五十七册

新刻京本春秋五霸七雄全像列國志傳　八卷（二）卷五——卷八……………………1

第五十八册

第九才子書平鬼傳　三卷十回……………………………………………………………1

題樵雲山人編　清康熙五十九年（1720）經綸堂刻本　四册（一函）

牌記、序言、目録等題『第九才子書斬鬼傳』　康生舊藏

第五十九册

千古奇聞　八卷（一）卷一——卷四……1

題李漁鑒定　淑昭等校閲　清康熙年間（1662－1722）刻本

八册（一函）　康生舊藏

第六十册

千古奇聞　八卷（二）卷五——卷八……1

三國志像……271

不著撰人　清康熙年間（1662－1722）刻本　存六十回圖　單面方式

一册（一函）

第六十一册

東周列國全志　二十三卷一百八回(一)……1

不著撰人　清蔡元放批評　清乾隆十七年(1752)文翰樓刻本

二十四册(二函)　卷首冠繡像二十幅

卷一——卷三　第一回——第十五回

第六十二册

東周列國全志　二十三卷一百八回(二)……1

卷四——卷七　第十六回——第三十四回

第六十三册

东周列国全志　二十三卷一百八回(三)……1
卷八——卷十一　第三十五回——第五十二回

第六十四册

东周列国全志　二十三卷一百八回(四)……1
卷十二——卷十五　第五十三回——第七十二回

第六十五册

东周列国全志　二十三卷一百八回(五)……1
卷十六——卷十九　第七十三回——第八十八回

第六十六冊
東周列國全志　二十三卷一百八回（六）……1
卷二十——卷二十三　第八十九回——第一百八回
第六十七冊
聊齋志異　十六卷（一）卷一——卷三……1
清蒲松齡著　清王士正評　清乾隆三十年（1765）青柯亭刻本
十六冊（二函）
第六十八冊
聊齋志異　十六卷（二）卷四——卷六……1

第六十九册
聊齋志異　十六卷（三）卷七——卷九……1
第七十册
聊齋志異　十六卷（四）卷十——卷十二……1
第七十一册
聊齋志異　十六卷（五）卷十三——卷十六……1
第七十二册
飛龍傳　二卷六十回（一）第一回——第十七回……1

清吴璿撰　清乾隆三十三年（1768）東臯書屋刻本　十冊（二函）

卷首冠繡像二十四幅

第七十三冊

飛龍傳　二卷六十回（二）第十八回——第三十九回……1

第七十四冊

飛龍傳　二卷六十回（三）第四十回——第六十回……1

第七十五冊

水滸後傳　十卷四十回　卷首一卷（一）……1

卷一——卷三　第一回——第十二回

明陳忱撰　蔡元放評　清乾隆三十五年（1770）刻本　六冊（一函）
卷首冠繡像二十四幅　康生舊藏

第七十六冊

水滸後傳　十卷四十回　卷首一卷（二）……1
卷四——卷七　第十三回——第二十八回

第七十七冊

水滸後傳　十卷四十回　卷首一卷（三）……1
卷八——卷十　第二十九回——第四十回

第七十八册

水石缘　三十段……1

清李春荣编辑　云间慕空子鉴订　清乾隆三十九年（1774）文德堂刻本

六册（一函）

第七十九册

新刻史綱總會列國志　十九卷存十卷（一）卷一——卷五……1

明余邵魚撰　清乾隆四十九年（1784）文行堂刻本　八册（一函）

卷首冠繡像二十二幅

第八十冊

新刻史綱總會列國志　十九卷存十卷(二)卷六——卷十……1

第八十一冊

娛目醒心編　十六卷三十九回(一)卷一——卷八……1

清杜綱撰　許寶善評　清乾隆五十七年(1792)小酉山房刻本

八冊(一函)　康生舊藏

第八十二冊

娛目醒心編　十六卷三十九回(二)卷九——卷十六……1
西游原旨讀法　二卷……295

清劉一明著　清嘉慶三年（1798）刻本　一冊（一函）

第八十三冊

于公案奇聞　八卷二百九十二回……1

不著撰人　清嘉慶五年（1800）集錦堂刻本　有殘缺　四冊（一函）

康生舊藏

第八十四冊

覺世名言　十二卷三十八回（一）卷一——卷八……1

清李漁撰　杜濬批評　清嘉慶九年（1804）寶寧堂重刻本　六冊（一函）

又名十二樓

第八十五冊

覺世名言　十二卷三十八回(二)卷九——卷十二……1
綺樓重夢　四十八回(一)第一回——第七回……229
清蘭皋主人撰　清嘉慶十年(1805)瑞凝堂刻本　十二冊(一函)　又名紅樓續夢、蜃樓情夢、新紅樓夢　康生舊藏

第八十六冊

綺樓重夢　四十八回(二)第八回——第二十八回……1

第八十七冊

綺樓重夢　四十八回(三)第二十九回——第四十八回……1

第八十八冊

第八才子書白圭志　四卷十六回……1

清崔象川辑　清嘉慶十年（1805）繡文堂刻本　四冊（一函）　卷首冠繡像八幅

第八十九冊

蜃樓志　八卷二十四回……1

題庚嶺勞人説　禺山老人編　清嘉慶十二年（1807）刻本　八冊（一函）

第九十冊

新鎸後續繡像五虎平南狄青演傳　六卷四十二回（一）……1

卷一——卷四　第一回——第二十八回

不著撰人　清嘉慶十二年（1807）聚錦堂刻本　六冊（一函）　其他卷端

題名狄青後傳

第九十一冊

新鋟後續五虎平南狄青演傳　六卷四十二回（二）……………………1

卷五——卷六　第二十九回——第四十二回

指淫斷色篇……………………237

清董清奇撰　清嘉慶十八年（1813）湖北漢陽欒惟真刻本　一冊（一函）

第九十二冊

夏商合傳　存按鑒演義帝王禦世有夏志傳六卷、

按鑒演義帝王禦世有商志傳一——二卷（一）……1
有夏志傳　卷一——卷四
明鍾惺編輯　馮夢龍鑒定　清嘉慶十九年（1814）稽古堂刻本
七冊（一函）　卷首冠繡像十幅

第九十三冊

夏商合傳　存按鑒演義帝王禦世有夏志傳六卷、按鑒演義帝王禦世有商志傳一——二卷（二）……1
有夏志傳　卷五——卷六　有商志傳卷一——卷二

第九十四冊

飛跎全傳　四卷三十二回……1

清鄒必顯著　清嘉慶二十二年（1817）一笑軒刻本　四冊（一函）

卷首冠繡像六幅

第九十五冊

不著撰人　清嘉慶十七年（1812）刻本　五冊（一函）

卷首冠繡像八幅

第九十六冊

清不著撰人　清嘉慶三年（1798）刻本　八冊（一函）　前冠繡像一幅

第九十七册

增補紅樓夢　三十二回（一）第一回——第十六回……1

題嫏嬛山樵撰　清道光四年（1824）刻本　八册（二函）　康生舊藏

第九十八册

增補紅樓夢　三十二回（二）第十七回——第三十二回……1

第九十九册

增補紅樓夢　一百二十回（一）卷一——卷六……1

清曹霑　高鶚撰　王希廉評　清道光十二年（1832）吳縣王氏刻本

十八册（三函）　卷首冠繡像正副圖六十三幅　封面題新評繡像紅樓夢全傳　康生舊藏

第一百册

增補紅樓夢　一百二十回（二）卷七——卷二十三……1

第一百一册

增補紅樓夢　一百二十回（三）卷二十四——卷三十七……1

第一百二册

增補紅樓夢　一百二十回（四）卷三十八——卷五十二……1

第一百三冊

增補紅樓夢 一百二十回(五)卷五十三——卷六十五……1

第一百四冊

增補紅樓夢 一百二十回(六)卷六十六——卷七十七……1

第一百五冊

增補紅樓夢 一百二十回(七)卷七十八——卷九十二……1

第一百六冊

增補紅樓夢 一百二十回(八)卷九十三——卷一百七……1

第一百七册

增補紅樓夢　一百二十回（九）卷一百八——卷一百二十……1

第一百八册

瑤華傳　十一卷四十二回（一）卷一——卷五　第一回——第二十回……1

清丁秉仁編著　清道光十八年（1838）濤音書屋刻本　二十四册（二函）

卷首冠繡像十九幅

第一百九册

瑤華傳　十一卷四十二回（二）……1

卷六——卷十一　第二十一回——第四十二回

第一百十册

新編玉蟾記　六卷五十三回 …… 1

清通元子黃石撰　清道光十九年（1839）緑玉山房刻本　六冊（一函）

第一百十一冊

新刻玉蜻蜓傳奇　二十卷 …… 1

不著撰人　清道光二十一年（1841）三槐堂刻本　四冊（一函）

大明正德皇遊江南傳　七卷四十五回（一） …… 287

卷一　第一回——第六回

清何夢梅撰　清道光二十二年（1842）聚經堂刻本　七冊（一函）

卷首冠繡像二十八幅

第一百十二册

大明正德皇遊江南傳　七卷四十五回（二）……………………1

卷二——卷七　第七回——第四十五回

第一百十三册

雪月梅傳　十卷五十回（一）卷一——卷三　第一回——第十五回……………1

清陳朗撰　清道光二十二年（1842）芸香堂刻本　十二册（一函）

卷首冠繡像正副圖各三十幅

第一百十四册

雪月梅傳　十卷五十回（二）卷四——卷七　第十六回——第三十五回……………1

第一百十五冊

雪月梅傳　十卷五十回(三)卷八——卷十　第三十六回——第五十回……1

第一百十六冊

紅樓幻夢　二十四卷二十四回(一)第一回——第十二回……1

清花月癡人編　清道光二十三年(1843)妙景齋刻本　八冊(一函)　一名幻夢奇緣

康生舊藏

第一百十七冊

紅樓幻夢　二十四卷二十四回(二)第十三回——第二十四回……1

第一百十八册

新刊五美缘全傳　八卷八十回(一)……1
卷一——卷四　第一回——第三十六回

不著撰人　清道光二十五年(1845)聚文堂刻本　八册(一函)

卷首冠繡像七幅

第一百十九册

新刊五美缘全傳　八卷八十回(二)……1
卷五——卷八　第三十七回——第八十回

第一百二十冊

白魚亭　八卷六十回（一）卷一——卷四　第一回——第二十八回……1

清黄小溪撰　清道光二十二年（1842）紅梅山房刻本　二十五冊（二函）

卷首冠單面方式圖十六幅

第一百二十一冊

白魚亭　八卷六十回（二）……1

卷五——卷八　第二十九回——第六十回

第一百二十二冊

檮機閑評　五十卷五十回（一）第一回——第十一回……1

不著撰人　清道光年间（1821－1850）刻本　十六册（二函）

卷首冠繡像十六幅

第一百二十三册

檮機閑評　五十卷五十回（二）第十二回——第二十三回…………1

第一百二十四册

檮機閑評　五十卷五十回（三）第二十四回——第三十七回…………1

第一百二十五册

檮機閑評　五十卷五十回（四）第三十八回——第五十回…………1

第一百二十六册

天花藏批評平山冷燕　六卷二十回…………1
題荻岸山人編次　清道光年間（1821－1850）嘯花齋刻本　一册（一函）
順治過江　四卷二十二回…………151
題蓬蒿子编次　清咸豐十一年（1861）重刻本　四本（一函）　卷首冠繡像十幅

第一百二十七册

新刻增删二度梅奇説　六卷三十二回…………1
題惜陰堂主人　繡虎堂主人編輯　清同治九年（1870）姑蘇緑慎堂刻本　六册（一函）　卷首冠繡像十二幅

第一百二十八册
齊省堂增訂儒林外史　五十六回(一)第一回——第十一回…………1
清吳敬梓著　清同治十三年(1874)齊省堂刻本　十六册(二函)
第一百二十九册
齊省堂增訂儒林外史　五十六回(二)第十二回——第二十六回…………1
第一百三十册
齊省堂增訂儒林外史　五十六回(三)第二十七回——第四十回…………1

第一百三十一冊

齊省堂增訂儒林外史　五十六回（四）第四十一回——第五十六回……1

第一百三十二冊

新刻清風閘　四卷三十二回……1

清浦琳撰　清同治十三年（1874）重刻本　四冊（一函）卷首冠繡像九幅

第一百三十三冊

新鋟繡像趙太祖三下南唐被困壽州城　八卷五十三回（一）……1

卷一——卷四　第一回——第二十六回

清好古主人撰　清同治十三年（1874）英文堂刻本　八冊（一函）
卷首冠繡像二十六幅

第一百三十四冊

新鋟繡像趙太祖三下南唐被困壽州城　八卷五十三回（二）…………………… 1
卷五——卷八　第二十七回——第五十三回

第一百三十五冊

金石緣全傳　八卷二十四回 ………………………………………………………… 1
靜恬主人撰　清光緒元年（1875）刻本　四冊（一函）　卷首冠繡像十二幅

第一百三十六册

燕山外史注釋　八卷 ………………………………………… 1

清陳球著　若駃子輯注　項震新参校　葉璋　徐書賢校字　清光緒五年（1879）刻本　二册（一函）

第一百三十七册

濟顛大師醉菩提全傳　二十回 ………………………………………… 1

題西湖墨浪子撰　清光緒六年（1880）京都老二酉堂刻本　六册（一函）

卷首冠單面方式圖二十幅

第一百三十八册

三國畫像 …………………………………………………… 1
題錫山潘錦畫堂摹寫　清光緒七年（1881）桐陰館刻本　二冊（一函）
單面方式圖一百十九幅　康生舊藏
水滸圖贊 …………………………………………………… 265
明杜堇繪　清光緒八年（1882）羊城廣百宋齋藏本　二冊（一函）
單面方式圖五十四幅　康生舊藏

第一百三十九册

風月夢　三十二回 …………………………………………… 1
題邗上蒙人撰　清光緒十年（1884）上海江左書林校刊本　四冊（一函）

第一百四十冊

狐狸緣　六卷二十二回……1

清醉月山人著　清光緒十四年（1888）敦厚堂刻本　四冊（一函）

卷首冠繡像八幅

第一百四十一冊

花月痕全書　十六卷五十二回（一）……1

卷一——卷五　第一回——第十八回

清魏秀仁撰　棲霞居士評閱　清光緒十四年（1888）閩雙笏廬刻本

十六冊（一函）

第一百四十二册

花月痕全書　十六卷五十二回(二)……1
卷六——卷十　第十九回——第三十四回

第一百四十三册

花月痕全書　十六卷五十二回(三)……1
卷十一——卷十六　第三十五回——第五十二回

第一百四十四册

爭春園全傳　六卷四十八回……1

清寄生氏著　清光緒十五年（1889）重刻本　四冊（一函）　卷首冠繡像八幅

第一百四十五冊

小五義　一百二十四回（一）第一回——第三十一回……1

清石玉崑撰　清光緒十六年（1890）北京文光樓刻本　二十四冊（二函）

卷首冠繡像十四幅

第一百四十六冊

小五義　一百二十四回（二）第三十二回——第六十二回……1

第一百四十七册

小五義　一百二十四回（三）第六十三回——第九十五回……1

第一百四十八册

小五義　一百二十四回（四）第九十六回——第一百二十四回……1

第一百四十九册

貪花報　二卷……1

不著撰人　清光緒八年（1882）刻本　一册（一函）

古今志異　六卷（一）卷一——卷二……217

不著撰人　清光緒十八年（1892）問柳書屋刻本　六冊（一函）

康生舊藏

第一百五十冊

古今志異　六卷（二）卷三——卷六……1

第一百五十一冊

通易西遊正旨分章注釋　一百回（一）第一回——第二十回……1

清張含章注　何廷椿校　清道光十九年（1839）眉山德馨堂何氏刻本

十冊（一函）　卷首冠繡像四幅

第一百五十二冊
通易西遊正旨分章注釋　一百回(二)第二十一回——第四十回……1
第一百五十三冊
通易西遊正旨分章注釋　一百回(三)第四十一回——第六十回……1
第一百五十四冊
通易西遊正旨分章注釋　一百回(四)第六十一回——第八十回……1
第一百五十五冊
通易西遊正旨分章注釋　一百回(五)第八十一回——第一百回……1

第一百五十六冊

金蓮僊史　四卷二十四回……1

清潘昶撰　清光緒三十四年(1908)上海翼化堂刻本　四冊(一函)

坐春風新集……443

不著撰人　清光緒元年(1875)粤東雲梯閣潘百好堂刻本

一冊(一函)

第一百五十七冊

清不明年代刻本

筆鍊閣編述五色石　八卷(一)卷一——卷六……1

清徐述夔撰　清刻本　八冊(一函)　康生舊藏

第一百五十八冊

筆鍊閣編述五色石　八卷(二)卷七——卷八……1

新鐫才美巧相逢宛如約　四卷十六回
清惜花主人批評　清刻本　四冊(一函)　康生舊藏……149

第一百五十九冊

醒夢駢言　十二回(一)第一回——第九回……1
題菊畦子編　清最樂堂刻本　六冊(一函)　卷首冠月光式圖十二幅
康生朱墨點校　康生舊藏

第一百六十册

醒夢駢言　十二回（二）第十回——第十二回……1

新刻都是幻　二卷六回

清迷津渡者輯　清初刻本　四册（一函）　周紹良舊藏……131

第一百六十一册

貪歡報　六卷二十回……1

題西湖漁隱主人撰　清初刻本　五册（一函）

第一百六十二册

精繡通俗全像梁武帝西來演義　十卷四十回（一）……1

卷一——卷三　第一回——第十二回
清天花藏主人編　清永慶堂余鬱生刻本　十二冊（二函）　卷首冠單面
方式圖七十四幅　康生舊藏

第一百六十三冊

精繡通俗全像梁武帝西來演義　十卷四十回（二）…… 1
卷四——卷七　第十三回——第二十八回

第一百六十四冊

精繡通俗全像梁武帝西來演義　十卷四十回（三）…… 1
卷八——卷十　第二十九回——第四十回
西湖佳話古今遺跡　十六卷十六篇（一）卷一——卷五…… 289

題古吳墨浪子輯　清康熙間金陵王衙刻五色套印本　八冊(一函)

卷首冠彩色套印雙面方式、單面方式圖十一幅　康生舊藏

第一百六十五冊

西湖佳話古今遺跡　十六卷十六篇(二)卷六——卷十六……1

第一百六十六冊

玉支璣　四卷二十回……1

清天花藏主人撰　清自得軒刻本　八冊(一函)

第一百六十七冊

新列國志　一百八回(一)第一回——第十二回……1

明馮夢龍撰　清初刻本　三十二冊（四函）　卷首冠雙面連式輿圖二幅單面方式圖一百四幅　康生舊藏

第一百六十八冊

新列國志　一百八回（二）第十三回——第二十六回……1

第一百六十九冊

新列國志　一百八回（三）第二十七回——第四十一回……1

第一百七十冊

新列國志　一百八回（四）第四十二回——第五十五回……1

第一百七十一冊

新列國志　一百八回(五)第五十六回——第六十九回……1

第一百七十二冊

新列國志　一百八回(六)第七十回——第八十一回……1

第一百七十三冊

新列國志　一百八回(七)第八十二回——第九十五回……1

第一百七十四冊

新列國志　一百八回(八)第九十六回——第一百八回……1

第一百七十五册

新刻京本列國志傳　八卷……1
明余邵魚撰　李卓吾評點　清□錦堂刻本　八册（一函）

第一百七十六册

列國志輯要　八卷一百九十節（一）……1
卷一——卷四　第一節——第九十六節
清楊庸輯　清四知堂刻本　八册　上書口題東周列國志輯要　康生舊藏

第一百七十七册

列國志輯要　八卷一百九十節（二）……1

第一百七十八冊

新刊宣和遺事　四卷……1
不著撰人　清吳郡修綆山房仿宋刻本　四冊（一函）

第一百七十九冊

六合内外瑣言　二十卷　附六合内外瑣言圖說　二卷（一）……1
圖說二卷　卷一——卷三
清屠紳編　清刻本　二十四冊（一函）　雙面方式圖一百六十六幅
首尾冠單面方式副圖　康生舊藏

第一百八十册

六合内外瑣言　二十卷　附六合内外瑣言圖説　二卷（二）卷四——卷十一……1

第一百八十一册

六合内外瑣言　二十卷　附六合内外瑣言圖説　二卷（三）卷十二——卷二十……1

第一百八十二册

新編批評繡像後七國樂田演義　四卷十八回……1

清徐震撰　清長春閣刻本　六册（一函）　卷首冠單面方式圖八幅

康生舊藏

第一百八十三册

新刻按鑑編纂開闢衍繹通俗志傳　六卷八十回　附録　乩僊天地判説（一）……1

卷一——卷三　第一回——第三十六回

明周遊撰　王黌釋　清刻本　八册（一函）　卷首冠單面方式圖四十六幅

第一百八十四册

新刻按鑑編纂開闢衍繹通俗志傳　六卷八十回　附録　乩僊天地判説（二）……1

卷四——卷六　第三十七回——第八十回

第一百八十五册

新鐫批評出像通俗奇俠禪真逸史　八集四十回（一）第一回——第十一回……1

明方汝浩撰　心心僊侶評訂　清刻本　十二册（一函）　卷首冠繡像

正副圖九幅

第一百八十六册

新鐫批評出像通俗奇俠禪真逸史　八集四十回（二）……1

第十二回——第二十一回

第一百八十七册

新鐫批評出像通俗奇俠禪真逸史　八集四十回（三）……1

第二十二回——第三十一回

第一百八十八冊

新鐫批評出像通俗奇俠禪真逸史　八集四十回（四）……1

第三十二回——第四十回

第一百八十九冊

龍圖公案　十卷一百則（一）卷一——卷五……1

不著撰人　牌記題李卓吾先生評　清種樹堂刻本　八冊（一函）　卷首冠單面方式

圖十幅　康生舊藏

第一百九十冊

龍圖公案　十卷一百則（二）卷六——卷十……1

第一百九十一册

岳武穆精忠傳　六卷六十八回

明鄒元標編訂　清尚論堂刻本　六册（一函）　卷首冠單面方式圖三十幅

第一百九十二册

晚翠堂批點玉樓春　二十四回

題龍丘白雲道人編輯　潁水無緣居士點評　清恒謙堂刻本　六册（一函）

第一百九十三册

新刻引鳳簫　四卷十六回

題逸士編述　清刻本　六册（一函）

鳳凰池　四卷十六回……167
題煙霞散人編　步月主人評　清鼎翰樓刻本　二冊（一函）

第一百九十四冊

四大奇書第一種　十九卷一百二十回缺卷十二（一）……1
卷一　第一回——第七回
明羅本撰　清毛宗崗評　杭永年定　清坊刻本　十九冊（二函）　卷首
冠單面方式圖二百四十幅　《第一才子書》即《三國志演義》　康生舊藏

第一百九十五冊

四大奇書第一種　十九卷一百二十回缺卷十二（二）……1
卷二——卷四　第八回——第二十六回

第一百九十六册

四大奇書第一種　十九卷一百二十回缺卷十二(三)…………1
卷五——卷七　第二十七回——第四十五回

第一百九十七册

四大奇書第一種　十九卷一百二十回缺卷十二(四)…………1
卷八——卷十　第四十六回——第六十三回

第一百九十八册

四大奇書第一種　十九卷一百二十回缺卷十二(五)…………1
卷十一——卷十三　缺卷十二　第六十四回——第八十三回

第一百九十九册

四大奇書第一種　十九卷一百二十回缺卷十二(六)……1
卷十四——卷十六　第八十四回——第一百回

第二百册

四大奇書第一種　十九卷一百二十回缺卷十二(七)……1
卷十七——卷十九　第一百一回——第一百二十回

第二百一册

西遊真詮　一百回(一)第一回——第五回……1
明吳承恩撰　清陳士斌評　清刻本　四十册(四函)　卷首冠單面方式

圖，殘存一百六十三幅　一名悟一子西遊真詮　康生舊藏

第二百二冊

西遊真詮　一百回（二）第六回——第十九回……1

第二百三冊

西遊真詮　一百回（三）第二十回——第三十四回……1

第二百四冊

西遊真詮　一百回（四）第三十五回——第四十八回……1

第二百五冊
西遊真詮　一百回（五）第四十九回——第六十一回……1
第二百六冊
西遊真詮　一百回（六）第六十二回——第七十三回……1
第二百七冊
西遊真詮　一百回（七）第七十四回——第八十七回……1
第二百八冊
西遊真詮　一百回（八）第八十八回——第一百回……1

第二百九冊

醒世姻緣傳　一百回(一)第一回——第十三回……1

清西周生輯撰　然藜子校定　清刻本　二十冊(二函)　康生舊藏

第二百十冊

醒世姻緣傳　一百回(二)第十四回——第三十二回……1

第二百十一冊

醒世姻緣傳　一百回(三)第三十三回——第四十九回……1

第二百十二冊
醒世姻緣傳　一百回（四）第五十回——第六十九回……1
第二百十三冊
醒世姻緣傳　一百回（五）第七十回——第八十五回……1
第二百十四冊
醒世姻緣傳　一百回（六）第八十六回——第一百回……1
第二百十五冊
異說後唐傳三集薛丁山征西樊梨花全傳　十卷八十八回（一）……1

卷一——卷六　第一回——第五十三回
題中都逸叟編次　清刻本　一冊(一函)　一名說唐三傳

第二百十六冊

異說後唐傳三集薛丁山征西樊梨花全傳　十卷八十八回(二)……1
卷七——卷十　第五十四回——第八十八回
新鐫異說五虎平西珍珠旗演義狄青前傳　十四卷一百十二回(一)……255
卷一——卷二　第一回——第十四回
不著撰人　清同文堂刻本　七冊(一函)

第二百十七冊

新鐫異說五虎平西珍珠旗演義狄青前傳　十四卷一百十二回(二)……1

卷三——卷六　第十五回——第四十六回

第二百十八册

新鐫異說五虎平西珍珠旗演義狄青前傳　十四卷一百十二回（三）……1

卷七——卷十　第四十七回——第七十八回

第二百十九册

新鐫異說五虎平西珍珠旗演義狄青前傳　十四卷一百十二回（四）……1

卷十一——卷十四　第七十九回——第一百十二回

第二百二十册

後續大宋楊家將文武曲星包公狄青初傳　十四卷六十八回（一）……1

卷一——卷四　第一回——第十五回
清李雨堂撰　清羊城長慶堂刻本　十四册（一函）　齊如山舊藏

第二百二十一册

後續大宋楊家將文武曲星包公狄青初傳　十四卷六十八回（二）…………1
卷四——卷七　第十六回——第三十三回

第二百二十二册

後續大宋楊家將文武曲星包公狄青初傳　十四卷六十八回（三）…………1
卷八——卷十一　第三十四回——第五十一回

第二百二十三册

後續大宋楊家將文武曲星包公狄青初傳　十四卷六十八回（四）…………1
卷十一——卷十四　第五十二回——第六十八回

第二百二十四册

第五才子書　十二卷一百二十四回（一）…………1
卷一——卷六　第一回——第六十二回

明羅貫中撰　金聖嘆　李卓吾鑒定　清乾隆元年（1736）刻本

六册（一函）　卷首冠繡像二十幅　又名水滸傳

第二百二十五册
第五才子書　十二卷一百二十四回(二)……1
　卷七——卷十二　第六十三回——第一百二十四回
第二百二十六册
西遊補　十六回……1
　明董説撰　清空青室刻本　二册(一函)　康生舊藏
第二百二十七册
續金瓶梅後集　十二卷六十四回(一)……1
　第一回——第八回

清丁耀亢撰　清刻本　十冊（一函）　卷首冠單面方式圖三十四幅
卷首系抄配　康生舊藏

第二百二十八冊

續金瓶梅後集　十二卷六十四回（二）第九回——第二十四回……1

第二百二十九冊

續金瓶梅後集　十二卷六十四回（三）第二十五回——第三十九回……1

第二百三十冊

續金瓶梅後集　十二卷六十四回（四）第四十回——第五十二回……1

第二百三十一冊

續金瓶梅後集　十二卷六十四回(五)第五十三回——第六十四回……1

第二百三十二冊

平妖傳　八卷四十回(一)第一回——第十七回……1
　明羅貫中撰　明馮夢龍增定　清刻本　八冊(一函)卷首冠單面方式圖
　二十幅　康生舊藏

第二百三十三冊

平妖傳　八卷四十回(二)第十八回——第四十回……1

第二百三十四冊

重刊貪歡報續集　存一——十二回

題西湖漁隱主人撰　清刻本　三冊(一函)卷首冠單面圖六幅，上下兩欄

有殘

增訂精忠演義說本全傳　二十卷八十回(一)……281

卷一——卷二　第一回——第八回

清錢彩撰　清錦春堂刻本　十冊(一函)　一名說岳全傳　康生舊藏

第二百三十五冊

增訂精忠演義說本全傳　二十卷八十回(二)……1

卷三——卷八　第九回——第三十二回

第二百三十六册
增訂精忠演義說本全傳　二十卷八十回(三)……1
卷九——卷十四　第三十三回——第五十六回
第二百三十七册
增訂精忠演義說本全傳　二十卷八十回(四)……1
卷十五——卷二十　第五十七回——第八十回
第二百三十八册
繡像彭公案　二十四卷一百二十回(一)……1
卷一——卷六　第一回——第三十回

不著撰人　清寶文堂刻本　二十四冊（四函）

第二百三十九冊

繡像彭公案　二十四卷一百二十回（二）…………………… 1

卷七——卷十二　第三十一回——第六十回

第二百四十冊

繡像彭公案　二十四卷一百二十回（三）…………………… 1

卷十三——卷十七　第六十一回——第八十五回

第二百四十一冊

繡像彭公案　二十四卷一百二十回（四）…………………… 1

卷十八——卷二十四　第八十六回——第一百二十回

第二百四十二册

畫圖緣　四卷十六回……1

不著撰人　清刻本　四册(一函)

第二百四十三册

新鐫意外緣　十二回　意中緣　十二回……1

不著撰人　清刻本　二册(一函)意中緣首有残

第二百四十四册

新刻花陣奇　六回……1

題雪山柴臣編次　江表芝庵參評　清刻本　二冊（一函）
新聞跨天虹　殘存三、四、五卷……175
題鴛林鬥山學者編　墨水艾納老人訂　清刻本　三冊（一函）

第二百四十五冊

新刻春秋配　四卷十六回……1
不著撰人　清刻本　一冊（一函）
貫華堂評論金雲翹傳　四卷二十回……181
題青心才人編次　清刻本　四冊（一函）　康生舊藏

第二百四十六冊

新編繡像簇新小說麟兒報　四卷十六回……1

不著撰人　清嘯花軒刻本　一冊（一函）
錦香亭　四卷十六回……169
題素庵主人編　清經元堂刻本　四冊（一函）

第二百四十七冊

情夢柝　六卷二十回……1
題蕙水安陽酒氏著　西山灌菊散人評　清刻本　六冊（一函）
五鳳吟　四卷二十回……287
清嗤嗤道人編著　蘇潭道人鑒定　清稼史齋刻本　一冊（一函）

第二百四十八冊

第九才子書平鬼傳　四卷十回……1

題樵雲山人編次　清五雲樓刻本　四冊（一函）卷首冠單面方式圖一幅

終須夢　四卷十八回……293

清彌堅堂主人編次　步月主人訂　清刻本　四冊（一函）

第二百四十九冊

蝴蝶媒　四卷十六回……1

清南岳道人編　青谿醉客評　清四友堂刻本　二冊（一函）

四巧說……263

題梅庵道人輯　清刻本　四冊（一函）

第二百五十冊

夢中緣　四卷十五回……1

清李修行撰　清刻本　四冊（一函）

第二百五十一冊

通商原委演義
二十四回　不著撰人　清活字本　一冊（一函）……1

海遊記
六卷三十回　不著撰人　清刻本　四冊（一函）……127

第二百五十二冊

新刻半日閻王全傳……1
不著撰人　清廣州第七甫五桂堂刻本　一冊（一函）

耳書　附鮓話……31

清佟世思著　清刻本　一册（一函）

民國刻本

新編五代史平話　殘八卷 …… 89

不著撰人　民国武進董氏誦芬室影宋刻本　二册（一函）

第二百五十三册

醉醒石　十五回 …… 1

題東魯古狂生撰　民国六年（1917）董康誦芬室影印清初刻本

七册（一函）　康生舊藏

鈔本

第二百五十四册

燕山外史　八卷　附竇生本傳……1

清陳球撰　清嘉慶年間（1796－1820）精鈔本　四册（一函）　康生舊藏

月嬌傳　十二回……205

題姑洗幻我撰　舊緑絲欄鈔本　六册（一函）

第二百五十五册

西遊記　殘存二十二回至三十回……1

明吳承恩撰　清鈔本　一冊（一函）

新孽障　十五回……151

海公撰　舊鈔本　滑稽小說　一冊（一函）

第二百五十六冊

龍圖耳録　一百二十回（一）第一回——第二十四回……1

清石玉崑撰　清同治六年（1867）恒義和記鈔本　三十八冊（二函）

第二百五十七冊

龍圖耳録　一百二十回（二）第二十五回——第五十四回……1

第二百五十八冊

龍圖耳録　一百二十回(三)第五十五回——第八十四回……1

第二百五十九冊

龍圖耳録　一百二十回(四)第八十五回——第一百二十回……1

第二百六十冊

夢覺記……1
清丁火珠撰　清同治十一年(1872)鈔本　一冊(一函)
新刻撮空祖師全傳……99
不著撰人　舊鈔本　一冊(一函)

拔乎其萃 …… 125
不著撰人　舊鈔本　一冊（一函）
紅樓人物考 …… 197
不著撰人　舊鈔本　一冊（一夾）　康生舊藏
水滸傳注略　二卷 …… 221
清程穆衡撰　近代鋼筆鈔本　二冊（一函）

第二百六十一冊

石印本

人間樂　四卷十八回 …… 1

題天花藏主人著　清光緒十九年（1893）上海居士石印本　二冊（一函）
卷首冠繡像十二幅
繪圖花田金玉緣　四卷十六回 …… 137
不著撰人　清光緒二十年（1894）上海書局石印本　四冊（一函）
卷首冠繡像十六幅

第二百六十二冊

繪圖吉祥花　六卷 …… 1
清邵紀棠輯評　清光緒二十一年（1895）上海古香閣石印本　四冊（一函）
每卷前冠單面方式圖十幅——二十二幅不等
張天師殲妖伏怪傳　二十回 …… 273
不著撰人　清光緒二十年（1894）上海書局石印本　二冊（一函）

卷首冠繡像二十二幅

第二百六十三册

繡像金臺全傳　十二卷六十回（一）………………1
卷一——卷八　第一回——第三十九回
不著撰人　清光緒二十一年（1895）上海中西書局石印本　六册（一函）
卷首冠繡像三十二幅

第二百六十四册

繡像金臺全傳　十二卷六十回（二）………………1
卷九——卷十二　第四十回——第六十回
繪圖平金川　四卷三十二回………………169

清張小山撰　清光緒二十五年（1899）富文書局石印本　四册（一函）
卷首冠繡像十八幅

第二百六十五册

繡像義勇四俠閨媛傳　六卷五十回……1
清林研農撰　清光緒二十六年（1900）石印本　六册（一函）　卷首冠
繡像十二幅

第二百六十六册

繡像蘭花夢奇傳　八卷六十八回……1
清吟梅山人撰　清光緒三十一年（1905）上海文元閣書莊石印本　八册
（一函）　卷首冠繡像八幅

第二百六十七册

筆記小說兩種……1
清程麟等著　清石印本　二册（一函）
繪圖倚紅艷史四卷　一名繪圖濃情快史
筆記小說（原書無名　擬定）　四卷
新編言情小說風流道台　十四回……189
清惜花外史著　清宣統二年（1910）上海遊戲社石印本，一名繪圖風流觀察　卷首
冠單面方式圖四幅　石印小說三種　三册（一函）
繪圖諧鐸　殘存卷三、卷四……251
吳門沈起鳳著　清末石印本　卷前冠單面方式圖　石印小説三種　三册（一函）
新譯偵探案奇俠女　十六回……315

歐浦散人著　清宣統二年(1910)中西書局石印　卷首冠繡像四幅　石印小説三種
三冊(一函)　附圖

第二百六十八冊

石城落花記　二卷……1
題玉紅僊客撰　清末上海富華圖書館石印本　二冊(一函)
繡像素梅姐全傳　四卷二十回……179
題雲間嗤嗤道人著　古越蘇潭道人鑒定　民國七年(1918)上海煉石齋書局石印
本　四冊(一函)圖四幅
三山秘記……271
不著撰人　民國年間石印本　一冊(一函)一名東枕秘
繪圖老殘新遊記　四卷……315

民國楊塵因撰　民國上海世界書局石印本　四冊(一函)　卷首冠圖　三十二幅

排印本

第二百六十九冊

紅樓複夢　一百回(一)第一回——第三十回……1

題紅香閣小和山樵南陽氏撰　歎月樓武陵女史月文氏校訂　清光緒中上海申報館

叢書本　十冊(一函)

第二百七十冊

紅樓複夢　一百回(二)第三十一回——第六十回……1

第二百七十一册
紅樓複夢　一百回(三)第六十一回——第一百回……1

第二百七十二册
七俠五義傳　二十四卷　一百二十回(一)……1
卷一——卷十一　第一回——第五十五回
清石玉崑述　曲園居士重編　廣百宋齋校印　清光緒十六年(1890)鉛印
本　六册(一函)　卷首冠繡像三十幅

第二百七十三册
七俠五義傳　二十四卷　一百二十回(二)……1

第二百七十四册

繪圖鐵花僊史　二十六回……1
不著撰人　清光緒十八年（1892）春申浦鉛印本　四册（一函）　卷首
冠繡像八幅
何典……289
清張南莊撰　纏夾二先生評　清光緒二十年（1894）上海圖書集成印書
局鉛印本　一册（一函）

第二百七十五册

七種才情傳奇書　十卷……1

明吳所敬輯　清光緒二十年（1894）上海晉記書莊排印本
一名才情集　四冊（一函）

第二百七十六冊

稗海一勺録……1
王古魯著　民國油印本　一冊（一函）
擬攝日本所藏中國舊刻小説書影經過誌略……27
王古魯著　民國二十九年（1940）油印本　一冊（一函）
紅樓夢索隱　二十四卷一百二十回（一）卷一——卷三　第一回——第十五回……37
王夢阮　沈瓶庵撰　民國五年（1916）中華書局鉛印本　十冊（一函）

第二百七十七册

紅樓夢索隱　二十四卷一百二十回(二)……1

卷四——卷八　第十六回——第四十回

第二百七十八册

紅樓夢索隱　二十四卷一百二十回(三)……1

卷九——卷十三　第四十一回——第六十五回

第二百七十九册

紅樓夢索隱　二十四卷一百二十回(四)……1

卷十四——卷十八　第六十六回——第九十回

第二百八十册

紅樓夢索隱　二十四卷一百二十回(五)……1
卷十九——卷二十四　第九十一回——第一百二十回

第二百八十一册

日本印本

剪燈新話句解　四卷……1
明瞿佑撰　滄洲訂正　題垂胡子集釋　日本慶安元年(1648)　京都書林仁左衛門刻本　四册(一函)　康生舊藏

第二百八十二冊

遊僊窟　五卷……1
唐張鷟撰　日本元祿三年(1690)東京書林青山堂雁金屋青山清吉
刻本　五冊(一函　)卷中插單面方式、雙面方式圖共二十七幅
漢和對照　康生舊藏

第二百八十三冊

皇明大儒王陽明出身靖亂録　三卷……1
明馮夢龍輯　日本嵩山堂刻本　三冊(一函)　漢和對照
燕山外史二卷……215
清陳球著　(日)大郷穆訓點　酒井三治校　日本明治十一年

（1878）刻本　二册（一函）

第二百八十四册

第五才子書水滸傳　七十五卷七十回（一）第一回——第十五回…………1

明施耐庵撰　清金聖歎評　日本明治十六年（1883）東京柏悅堂翻刻本

十二册（二函）　卷首冠繡像二十四幅　康生舊藏

第二百八十五册

第五才子書水滸傳　七十五卷七十回（二）第十六回——第三十九回…………1

第二百八十六册

第五才子書水滸傳　七十五卷七十回（三）第四十回——第六十二回…………1

第二百八十七册

第五才子書水滸傳　七十五卷七十回（四）第六十三回——第七十回……1
剪燈新話句解　二卷……113
明瞿佑撰　題垂胡子集釋　據日本慶安元年（1648）刻本重刻，無日文符號　二册（一函）

第二百八十八册

增評補圖石頭記　一百二十卷　卷首一卷（一）……1
卷一——卷二十八
清曹雪芹撰　東洞庭護花主人評　蛟川大梅山民加評　海角居士校正
日本明治三十八年（1905）帝國印刷株式會社鉛印本　八册（一函）

卷首冠單面方式圖二十四幅　卷前間或冠圖二幅

第二百八十九册

增評補圖石頭記　一百二十卷　卷首一卷(二)……1

卷二十九——卷六十

第二百九十册

增評補圖石頭記　一百二十卷　卷首一卷(三)……1

卷六十一——卷八十八

第二百九十一册

增評補圖石頭記　一百二十卷　卷首一卷(四)……1

第二百九十二冊

至治新刊全相平話三國志　三卷……1
不著撰人　日本大正十五年（1926）影印元刻本　三冊（一函）
小說精言　四卷……143
（日）岡白駒譯　日本寬保三年（1743）風月堂刻本　四冊（一函）

第二百九十三冊

譯准開口新語……1
（日）岡白駒記　日本寬延四年（1751）左衛門刻本　一冊（一函）
小說字彙……71

（日）秋水著　日寬政三年（1791）大阪書林刻本　一冊（一函）

漢和對照

第二百九十四冊

朝鮮刻本

三國志演義　十九卷一百二十回（一）……1

卷一——卷二　第一回——第十四回

明羅貫中撰　清毛宗崗評

朝鮮刻本　二十冊　卷首冠繡像四十幅

第二百九十五冊

三國志演義　十九卷一百二十回（二）……1

卷三——卷五　第十五回——第三十二回

第二百九十六册

三國志演義　十九卷一百二十回(三)……1

卷六——卷八　第三十三回——第五十一回

第二百九十七册

三國志演義　十九卷一百二十回(四)……1

卷九——卷十一　第五十二回——第六十九回

第二百九十八册

三國志演義　十九卷一百二十回(五)……1

卷十二——卷十四　第七十回——第八十九回

第二百九十九冊

三國志演義十九卷　一百二十回(六)……1

卷十五——卷十七　第九十回——第一百四回

第三百冊

三國志演義　十九卷一百二十回(七)……1

卷十七——卷十九　第一百五回——第一百二十回

當代影印本

大唐三藏取經詩話　附大唐三藏法師取經記……279

不著撰人　一九五五年文學古籍刊行社影印本　一冊(一函)

《傅惜華藏古本小說叢刊》篇名音序索引

收録在《傅惜華藏古本小說叢刊》的小說所在冊數用漢字數字（一）（二）……等表示，所在頁數用阿拉伯數字 1、2……等表示。

B

拔乎其萃（二百六十）125——196

稗海一勺録（二百七十六）1——26

白魚亭（一百二十）1——（一百二十一）550

半日閻王全傳（二百五十二）1——30
北宋志傳（六）1——（七）448
筆記小說兩種（二百六十七）1——188

C

才美巧相逢宛如約（一百五十八）149——406
殘唐五代史演義傳（二十六）1——（二十七）152
禪真逸史（一百八十五）1——（一百八十八）342
春秋列國志傳（十一）1——158
春秋配（二百四十五）1——180
撮空祖師全傳（二百六十）99——124

D

大明正德皇遊江南傳(一百十一)287—(一百十二)479
大唐三藏取經詩話(三百)279—388
第八才子書白圭志(八十八)1—448
第九才子書平鬼傳(五十八)1—410
第九才子書平鬼傳(二百四十八)1—292
第五才子書(二百二十四)1—(二百二十五)404
第五才子書水滸傳(二百八十四)1—(二百八十七)112
東漢志傳題評(二)375—505
東西兩晉演義志傳(三)1—(四)453
東周列國全志(六十一)1—(六十六)490

都是幻（一百六十）131——362

E

二度梅奇說（一百二十七）1——377
耳書（二百五十二）31——88

F

飛龍傳（七十二）1——（七十四）626
飛跎全傳（九十四）1——243
鳳凰池（一百九十三）167——474
風月夢（一百三十九）1——450

G

古今志異(一百四十九)217——(一百五十)455

H

海剛峰先生居官公案(九)1——393
海遊記(二百五十一)127——376
何典(二百七十四)289——380
紅樓複夢(二百六十九)1——(二百七十一)477
紅樓幻夢(一百十六)1——(一百十七)619
紅樓夢索隱(二百七十六)37——(二百八十)397
紅樓人物考(二百六十)197——220

後七國樂田演義（一百八十二）1—567
後續大宋楊家將文武曲星包公狄青初傳（二百二十）1—（二百二十三）312
後續繡像五虎平南狄青演傳（九十）1—（九十一）236
蝴蝶媒（二百四十九）1—262
狐狸緣（一百四十）1—498
畫圖緣（二百四十二）1—419
花田金玉緣（二百六十一）137—412
花月痕全書（一百四十一）1—（一百四十三）390
花陣奇（二百四十四）1—174
皇明大儒王陽明出身靖亂録（二百八十三）1—214
皇明開運輯略武功名世英烈傳（四十四）1—（四十五）408

J

濟顛大師醉菩提全傳（一百三十七）1——405
吉祥花（二百六十二）1——272
剪燈新話句解　日本慶安元年（1648）京都書林仁左衛門刻本（二百八十一）1——356
劍俠傳（十）1——388
劍嘯閣批評東漢演義傳（三十二）139——（三十三）378
劍嘯閣批評西漢演義傳（三十）1——（三十二）138
金蓮僊史（一百五十六）1——442
金石緣全傳（一百三十五）1——445
金臺全傳（二百六十三）1——（二百六十四）168
錦香亭（二百四十六）169——455

金雲翹傳(二百四十五)181——459
京本春秋五霸七雄全像列國志傳(五十六)1——(五十七)502
京本雲合奇蹤(二十七)207——(二十九)413
精忠演義說本全傳(二百三十四)281——(二百三十七)480
覺世名言(八十四)1——(八十五)228

K

開卷一笑集(四十六)252——464
開闢衍繹通俗志傳(一百八十三)1——(一百八十四)368

L

蘭花夢奇傳(二百六十六)1——384

老殘新遊記(二百六十八)315——480
歷朝故事統宗(一)1——(二)374
梁武帝西來演義(一百六十二)1——(一百六十四)288
聊齋志異(六十七)1——(七十一)524
列國志　明余紹魚撰　清乾隆四十九年(1784)文行堂刻本(七十九)1——(八十)444
列國志輯要　清楊庸輯　清四知堂刻本(一百七十六)1——(一百七十七)498
列國志傳　明余邵魚撰　李卓吾評點　清□錦堂刻本(一百七十五)1——444
麟兒報(二百四十六)1——168
六合內外瑣言(一百七十九)1——(一百八十一)476
龍圖耳録(二百五十六)1——(二百五十九)374
龍圖公案(一百八十九)1——(一百九十)347

M

夢覺記（二百六十）1—98

夢中緣（二百五十）1—419

N

擬攝日本所藏中國舊刻小說書影經過誌略（二百七十六）27—36

P

拍案驚奇（三十四）1—（三十六）462

彭公案（二百三十八）1—（二百四十一）529

平金川（二百六十四）169—414

平山冷燕（一百二十六）1——150

平妖傳（二百三十二）1——（二百三十三）379

Q

綺樓重夢（八十五）229——（八十七）491

七俠五義傳（二百七十二）1——（二百七十三）444

七種才情傳奇書（二百七十五）1——342

千古奇聞（五十九）1——（六十）270

清風閘（一百三十二）1——342

情夢柝（二百四十七）1——286

全相平話三國志（二百九十二）1——142

R

人間樂（二百六十一）1——136

儒林外史（一百二十八）1——（一百三十一）486

S

三國畫像　清光緒七年（1881）桐陰館刻本（一百三十八）1——264

三國志像　明刻本（二十七）153——206

三國志像　清康熙年間（1662－1722）刻本（六十）271——388

三國志演義（二百九十四）1——（三百）278

三山秘記（二百六十八）271——314

四大奇書第一種（一百九十四）1——（二百）352

四巧說（二百四十九）263——526
蜃樓志（八十九）1——398
施案奇聞（九十六）1——528
石城落花記（二百六十八）1——178
石頭記（二百八十八）1——（二百九十一）351
水滸後傳（七十五）1——（七十七）364
水滸圖贊（一百三十八）265——378
水滸傳（四十七）1——（五十五）424
水滸傳注略（二百六十）221——438
水石緣（七十八）1——513
順治過江（一百二十六）151——438
四書笑（四十六）123——250

搜神記(八)1—409
隋唐演義(四十一)1—(四十三)370
素梅姐全傳(二百六十八)179—270
孫龐鬥志演義(四十六)1—122

T

貪花報(一百四十九)1—216
貪歡報(一百六十一)1—372
貪歡報續集(二百三十四)1—280
檮機閑評(一百二十二)1—(一百二十五)412
鐵花僊史(二百七十四)1—288
聽月樓(九十五)1—300

通商原委演義（二百五十一）1——126
通易西遊正旨（一百五十一）1——（一百五十五）425

W

五鳳吟（二百四十七）287——560
五虎平西珍珠旗演義狄青前傳（二百十六）255——（二百十九）368
五美緣全傳（一百十八）1——（一百十九）480
五色石（一百五十七）1——（一百五十八）148

X

西湖二集（三十七）1——（三十九）520
西湖佳話古今遺跡（一百六十四）289——（一百六十五）536

西遊補(二百二十六)1——254
西遊記(二百五十五)1——150
西游原旨讀法(八十二)295——381
西遊真詮(二百一)1——(二百八)344
夏商合傳(九十二)1——(九十三)348
小說精言(二百九十二)143——333
小說字彙(二百九十三)71——325
小五義(一百四十五)1——(一百四十八)474
諧鐸(二百六十七)251——314
新編五代史平話(二百五十二)89——388
新列國志(一百六十七)1——(一百七十四)367
新孽障(二百五十五)151——295

新聞跨天虹（二百四十四）175——400
新譯偵探案奇俠女（二百六十七）315——390
醒夢駢言（一百五十九）1——（一百六十）130
醒世恒言（十一）159——（十五）428
醒世姻緣傳（二百九）1——（二百十四）356
續金瓶梅後集（二百二十七）1——（二百三十一）379
宣和遺事（一百七十八）1——396
雪月梅傳（一百十三）1——（一百十五）397

Y

言情小説風流道台（二百六十七）189——250
燕山外史　清嘉慶年間（1796－1820）精鈔本（二百五十四）1——204

燕山外史　日本明治十一年（1878）刻本（二百八十三）215—424
燕山外史注釋　清光緒五年（1879）刻本（一百三十六）1—356
楊家府世代忠勇演義志傳（五）1—（六）234
瑤華傳（一百八）1—（一百九）539
異說後唐傳三集薛丁山征西樊梨花全傳（二百十五）1—（二百十六）254
意外緣（二百四十三）1—465
義勇四俠閨媛傳（二百六十五）1—302
譯准開口新語（二百九十三）1—70
引鳳簫（一百九十三）1—166
遊僊窟（二百八十二）1—317
玉蟾記（一百十）1—668
于公案奇聞（八十三）1—492

玉樓春（一百九十二）1——527
娱目醒心編（八十一）1——（八十二）294
玉蜻蜓傳奇（一百十一）1——286
玉支璣（一百六十六）1——334
月嬌傳（二百五十四）205——419
岳武穆精忠傳（一百九十一）1——538

Z

增補紅樓夢　清道光四年（1824）刻本（九十七）1——（九十八）411
增補紅樓夢　清道光十二年（1832）吳縣王氏刻本（九十九）1——（一百七）420
張天師殲妖伏怪傳（二百六十二）273——406
趙太祖三下南唐被困壽州城（一百三十三）1——（一百三十四）332

爭春園全傳（一百四十四）1——369
指淫斷色篇（九十一）237——415
終須夢（二百四十八）293——556
忠義水滸全書（十七）1——（二十五）312
醉醒石（二百五十三）1——344
坐春風新集（一百五十六）443——550

《傅惜華藏古本小說叢刊》篇名筆畫索引

收録在《傅惜華藏古本小說叢刊》的小說所在册數用漢字數字(一)(二)……等表示，所在頁數用阿拉伯數字1、2……等表示。

二画

七俠五義傳(二百七十二)1——(二百七十三)444
七種才情傳奇書(二百七十五)1——342
二度梅奇說(一百二十七)1——377

人間樂（二百六十一）1——136

三画

三山秘記（二百六十八）271——314
三國志像　明刻本（二十七）153——206
三國志像　清康熙年間（1662－1722）刻本　（六十）271——388
三國志演義（二百九十四）1——（三百）278
三國畫像　清光緒七年（1881）桐陰館刻本（一百三十八）1——264
于公案奇聞（八十三）1——492
千古奇聞（五十九）1——（六十）270
大明正德皇遊江南傳（一百十一）287——（一百十二）479
大唐三藏取經詩話（三百）279——388

小五義（一百四十五）1——（一百四十八）474
小說字彙（二百九十三）71——325
小說精言（二百九十二）143——333
才美巧相逢宛如約（一百五十八）149——406

四画

五色石（一百五十七）1——（一百五十八）148
五虎平西珍珠旗演義狄青前傳（二百十六）255——（二百十九）368
五美緣全傳（一百十八）1——（一百十九）480
五鳳吟（二百四十七）287——560
六合内外瑣言（一百七十九）1——（一百八十一）476
引鳳簫（一百九十三）1——166

月嬌傳（二百五十四）205——419
水石緣（七十八）1——513
水滸後傳（七十五）1——（七十七）364
水滸傳（四十七）1——（五十五）424
水滸傳注略（二百六十）221——438
水滸圖贊（一百三十八）265——378

五画

北宋志傳（六）1——（七）448
半日閻王全傳（二百五十二）1——30
古今志異（一百四十九）217——（一百五十）455
四大奇書第一種（一百九十四）1——（二百）352

四巧說（二百四十九）263—526
四書笑（四十六）123—250
平山冷燕（一百二十六）1—150
平妖傳（二百三十二）1—（二百三十三）379
平金川（二百六十四）169—414
玉支磯（一百六十六）1—334
玉蜻蜓傳奇（一百十一）1—286
玉樓春（一百九十二）1—527
玉蟾記（一百十）1—668
白魚亭（一百二十）1—（一百二十一）546
石城落花記（二百六十八）1—178
石頭記（二百八十八）1—（二百九十一）351

六画

全相平話三國志（二百九十二）1——142

列國志　明余紹魚撰　清乾隆四十九年（1784）文行堂刻本（七十九）1——（八十）444

列國志傳　明余邵魚撰　李卓吾評點　清□錦堂刻本（一百七十五）1——589

列國志輯要　清楊庸輯　清四知堂刻本（一百七十六）1——（一百七十七）498

吉祥花（二百六十二）1——272

老殘新遊記（二百六十八）315——480

耳書（二百五十二）31——88

西游原旨讀法（八十二）295——381

西湖二集（三十七）1——（三十九）520

西湖佳話古今遺跡（一百六十四）289——（一百六十五）532

西遊真詮（二百一）1——（二百八）344
西遊記（二百五十五）1——150
西遊補（二百二十六）1——254

七画

何典（二百七十四）289——380
坐春風新集（一百五十六）443——550
花月痕全書（一百四十一）1——（一百四十三）390
花田金玉緣（二百六十一）137——412
花陣奇（二百四十四）1——174
言情小說風流道台（二百六十七）189——250

八画

京本春秋五霸七雄全像列國志傳(五十六)1——(五十七)502
京本雲合奇蹤(二十七)207——(二十九)413
岳武穆精忠傳(一百九十一)1——538
忠義水滸全書(十七)1——(二十五)312
拍案驚奇(三十四)1——(三十六)462
拔乎其萃(二百六十)125——196
東西兩晉演義志傳(三)1——(四)453
東周列國全志(六十一)1——(六十六)490
東漢志傳題評(二)375——505
爭春園全傳(一百四十四)1——369

狐狸缘（一百四十）1——498
金石缘全传（一百三十五）1——445
金云翘传（二百四十五）181——459
金莲僊史（一百五十六）1——442
金臺全傳（二百六十三）1——（二百六十四）168

九画

宣和遺事（一百七十八）1——396
後七國樂田演義（一百八十二）1——567
後續大宋楊家將文武曲星包公狄青初傳（二百二十）1——（二百二十三）312
後續繡像五虎平南狄青演傳（九十）1——（九十一）236
指淫斷色篇（九十一）237——415

施案奇聞(九十六)1——528
春秋列國志傳(十一)1——158
春秋配(二百四十五)1——180
皇明大儒王陽明出身靖亂録(二百八十三)1——214
皇明開運輯略武功名世英烈傳(四十四)1——(四十五)408
紅樓人物考(二百六十)197——220
紅樓幻夢(一百十六)1——(一百十七)619
紅樓夢索隱(二百七十六)37——(二百八十)397
紅樓複夢(二百六十九)1——(二百七十一)477
風月夢(一百三十九)1——450
飛跎全傳(九十四)1——243
飛龍傳(七十二)1——(七十四)626

十画

夏商合傳（九十二）1——（九十三）348
娯目醒心編（八十一）1——（八十二）294
孫龐鬥志演義（四十六）1——122
海剛峰先生居官公案（九）1——393
海遊記（二百五十一）127——376
素梅姐全傳（二百六十八）179——270
通易西遊正旨（一百五十一）1——（一百五十五）425
通商原委演義（二百五十一）1——126
都是幻（一百六十）131——362

十一画

剪燈新話句解　日本慶安元年(1648)京都書林仁左衛門刻本(二百八十一)1—356
張天師殲妖伏怪傳(二百六十二)273—406
情夢柝(二百四十七)1—286
梁武帝西來演義(一百六十二)1—(一百六十四)288
清風閘(一百三十二)1—342
異說後唐傳三集薛丁山征西樊梨花全傳(二百十五)1—(二百十六)254
第九才子書平鬼傳(二百四十八)1—292
第九才子書平鬼傳(五十八)1—410
第八才子書白圭志(八十八)1—448
第五才子書(二百二十四)1—(二百二十五)404

第五才子書水滸傳（二百八十四）1——（二百八十七）112
終須夢（二百四十八）293——556
聊齋志異（六十七）1——（七十一）524
貪花報（一百四十九）1——216
貪歡報（一百六十一）1——372
貪歡報續集（二百三十四）1——280
隋唐演義（四十一）1——（四十三）370
雪月梅傳（一百十三）1——（一百十五）397
十二画
彭公案（二百三十八）1——（二百四十一）529
搜神記（八）1——409

殘唐五代史演義傳(二十六)1——(二十七)152
畫圖緣(二百四十二)1——419
筆記小說兩種(二百六十七)1——188
遊僊窟(二百八十二)1——317
開卷一笑集(四十六)251——464
開闢衍繹通俗志傳(一百八十三)1——(一百八十四)368
順治過江(一百二十六)151——408

十三画

夢中緣(二百五十)1——419
夢覺記(二百六十)1——98
意外緣(二百四十三)1——465

新列國志（一百六十七）1——（一百七十四）367
新聞跨天虹（二百四十四）175——400
新編五代史平話（二百五十二）89——388
新孽障（二百五十五）151——295
新譯偵探案奇俠女（二百六十七）315——390
楊家府世代忠勇演義志傳（五）1——（六）234
稗海一勺録（二百七十六）1——26
義勇四俠閨媛傳（二百六十五）1——302
蜃樓志（八十九）1——398

十四画

瑤華傳（一百八）1——（一百九）539

精忠演義說本全傳（二百三十四）281——（二百三十七）480
綺樓重夢（八十五）228——（八十七）491
趙太祖三下南唐被困壽州城（一百三十三）1——（一百三十四）332
鳳凰池（一百九十三）167——474

十五画

劍俠傳（十）1——388
劍嘯閣批評西漢演義傳（三十）1——（三十二）138
劍嘯閣批評東漢演義傳（三十二）139——（三十三）378
增補紅樓夢（一百二十回）　清道光十二年（1832）吳縣王氏刻本（九十九）1——（一百七）420
增補紅樓夢（三十二回）　清道光四年（1824）刻本（九十七）1——（九十八）411

撮空祖師全傳（二百六十）99——124
蝴蝶媒（二百四十九）1——262
醉醒石（二百五十三）1——344

十六画

儒林外史（一百二十八）1——（一百三十一）486
歷朝故事統宗（一）1——（二）374
燕山外史　清嘉慶年間（1796－1820）精鈔本（二百五十四）1——204
燕山外史　日本明治十一年（1878）刻本（二百八十三）215——424
燕山外史注釋　清光緒五年（1879）刻本（一百三十六）1——356
禪真逸史（一百八十五）1——（一百八十八）342
諧鐸（二百六十七）251——314

醒世姻緣傳(二百九)1——(二百十四)356
醒世恒言(十一)159——(十五)428
醒夢駢言(一百五十九)1——(一百六十)130
錦香亭(二百四十六)169——455
龍圖公案(一百八十九)1——(一百九十)347
龍圖耳録(二百五十六)1——(二百五十九)374

十七画

擬攝日本所藏中國舊刻小說書影經過誌略(二百七十六)1——36
濟顛大師醉菩提全傳(一百三十七)1——405

十八画
檮機閑評（一百二十二）1——（一百二十五）412
二十画
蘭花夢奇傳（二百六十六）1——384
覺世名言（八十四）1——（八十五）228
譯准開口新語（二百九十三）1——70
二十一画
續金瓶梅後集（二百二十七）1——（二百三十一）379
鐵花僊史（二百七十四）1——288

二十二画

聽月樓（九十五）1——300

二十三画

麟兒報（二百四十六）1——168